KB121094

자꾸 눈물이 난다

시작시인선 0469 자꾸 눈물이 난다

1판 1쇄 펴낸날 2023년 6월 23일
지은이 한양명
펴낸이 이재무
기획위원 김춘식, 유성호, 이형권, 임지연, 홍용희
책임편집 박예솔
편집디자인 민성돈, 김지웅, 정영아
펴낸곳 (주)천년의시작
등록번호 제301-2012-033호
등록일자 2006년 1월 10일
주소 (03132) 서울시 종로구 삼일대로32길 36 운현신화타워 502호
전화 02-723-8668
팩스 02-723-8630
블로그 blog.naver.com/poemsijak
이메일 poemsijak@hanmail.net

ⓒ한양명, 2023, printed in Seoul, Korea

ISBN 978-89-6021-712-6 04810
　　　978-89-6021-069-1 04810(세트)

값 11,000원

자꾸 눈물이 난다

한양명

천년의
시작

시인의 말

글을 쓰는 게 점점 힘들어진다.
긴 얘기를 나누는 것도 쉽지 않다.
글도 말도 그다지 소용없는 곳에서
자적自適하며 조용히 살고 싶지만
인연이, 삶의 관성이 녹록하지 않다.
그러니 어쩌겠는가
이번 생은 이리 살다 갈 수밖에.

차 례

시인의 말

제1부 홀로 저물다

제2부 꽃이 진다 한들

제1부 홀로 저물다

입산

기약 없이 산에 들어와
어느덧 두 해를 흘려보냈다

산 아래서 날 기다리는 그녀는
얼마나 흰머리가 늘어났을까

난 혼자만 생각하며 살았는데도
몇 년쯤은 더 늙어 버린 듯한데

홀로 저물다

산비탈 묵은 밭에
오줌 한번 눴을 뿐인데
한나절이 간다

엊그제 새끼 낳은 어미 개
머리 몇 번 쓰다듬었을 뿐인데
하루가 간다

아무도 찾지 않는 붉나무 단풍
그래도 예쁜 구석이 있구나
생각만 했을 뿐인데 또 하루가 간다

어쩌다 맞이한 산중의 가을이
나랑은 한마디 상의도 없이
저 홀로 이렇게 저물어 간다

14

가을비

늦가을 산중의 비가
느릿느릿 내린다

무릇이 젖고 여뀌가 젖고
용담이 젖고 돌부처가 젖는다

벼랑에 기대 연명하던 노송이
집착을 버리고 길게 누웠다

그러기에 해탈 따위는
애초에 꿈꾸는 게 아니었다

산 아래로 내려간 고라니는
이 비 그치고야 돌아올 것이다

도요새

지난 생生에는 도요새였다 때론
날갯짓 부추기는 산들바람이다가
바람에 두근대는 버들가지였으며
먼 비행을 앞두고 잠시 머무는
적막한 연못의 수면이었다

이번 생의 육신에도
도요새의 항로가 새겨져 있어
며칠 동안 쉼 없는 비행을 위해
배 속에 지방을 켜켜이 쌓고 있다
몇천 킬로를 날아 북극해로
그럴 수 있다면 더 먼 곳으로 가
다시는 돌아오지 않기 위해
마지막 비행을 준비하고 있다

졸음

살아 있는
모든 것이 조는 중이네
하여 석양에 눈먼 새가
밤의 그늘로 스며드는 것이며
돌탑에 내려앉은 하순의 달빛이
일어설 줄 모르고 저도 돌인 양
가부좌를 튼 채 고개 숙인 것이네
그러고 보니 나도 살아는 있기에
막막한 앞날보다 눈꺼풀이 무거워
뒤돌아볼 리 없는 하루를 향해
연신 머리를 조아리는 것이네

봄의 말씀
―용주사 연못에서

날이 풀려 얼음이 녹자
무사히 겨울을 난 잉어가
입을 뻐끔거리며 물 위로 올라와
법당의 풍경 소리에 귀 기울인다
얼음장 아래서 수행을 했는지
지난해보다 눈빛이 맑고 그윽하다

수련은 막 눈을 뜨는 중이지만
붓꽃은 제법 토실해진 뿌리 위로
푸른 대궁을 새초롬히 밀어 올려
맞은편 돌탑 향해 합장을 한다
바위틈의 영산홍은 움을 틔우고
늘어진 뚝향나무는 가지를 들어
가까운 도반과 인사를 나눈다

물속에서 땅속에서 바위틈에서
동안거 중이던 봄이 밖으로 나와
살아 있는 모든 것들 깨어나라
깨어나 공덕을 쌓으라 말씀하시니
온 사방이 응답하느라 분주한데

스님도 보살님도 나무아미타불
따스한 봄의 법문에 화답하신다

전입신고

입춘이 한참 지나도
추위가 산골을 비워 주지 않자
봄이 작심한 듯 곳곳에
함께 온 식구들 도장을 찍어
자신의 입주를 널리 알리네
먼저 어린 봄맞이꽃 도장을 찍고
복수초꽃 개나리꽃 도장을 찍네
냉이와 달래, 민들레 도장도 찍고
산수유와 물버들, 매화 도장도 찍네
얼음물에서 나온 버들치와 피라미
겨울잠에서 깬 개구리 도장도 찍네
무엇보다 겨우내 움츠린 산골 사람들
언 마음에 해동의 도장을 꾹 찍어
슬슬 농사일을 준비하도록 만드네
꽃샘추위가 아무리 심통을 부려도
봄이 왔다는 걸 부인할 수 없도록
분명하고 야무지게 전입을 신고하네
그러고부터 점점 풀이 죽은 추위가
하나둘 짐을 싸기 시작하더니
사나흘이 지나면 떠날 듯하네

그때쯤 봄 식구도 부쩍 늘어나
온 데가 봄으로 넘쳐 나겠네

허교許交

산길 걷자니
어디선가 들은 얘기 떠오른다
옛 선비는 그 사람됨을 보고
어려도 기꺼이 벗을 삼았다
허교를 하면 상팔하팔上八下八
위아래 여덟 살까지 말을 놓았다

참 파격적이라 생각하며
일주문 지나 절집으로 들어서니
박새는 자귀나무에 앉아 지저귀고
개망초는 바람에 기대어 흔들린다
연못의 개구리는 수련 위에 눕고
강아지는 소나무 그늘을 찾아든다

굳이 묻지 않아도 이들은 이미
먼 옛날 인간이 인간이기 전부터
위아래 가림 없이 허교한 사이이다
이 땅에 더불어 산다는 인연만으로
서로를 있는 그대로 받아들이며
허물없이 서로 의지해 온 사이이다

\>
낯을 가려 사람 사귀기도 힘든데
나무와 꽃 새와 바람과 허교하려면
얼마나 걸릴까 뭘 내려놓아야 할까
덧없는 생각에 잠겨 대웅전에 드니
몇 번 뵌 적 있는 비로자나부처님
꿈 깨라는 표정으로 미소 지으신다

알아차리다

밤새 쉬지 않고 소쩍새 울어 대네
울고 또 울어야 날이 밝아 온다는 걸
숱한 밤이 지나고야 알아차린 것이네

머뭇대던 수국이 한순간 피어나네
이렇게 피어야만 질 수도 있다는 걸
가는 봄을 보고야 알아차린 것이네

배롱나무

몇 번을 지고도 다시 피어
백 일을 밝히는 꽃이 있네
그렇게 계절을 넘어 피었다가
벼가 익어야만 지는 꽃이 있네

그 꽃을 간신히 피워 내느라
살갗이 터져 버린 나무가 있네
꽃에만 눈길이 머물게 하려고
제 몸을 지워 버린 나무가 있네

헐벗은 까닭에 겨울나기 어려워도
살아남아 꽃 피우고 다시 떠는 나무
그 마음을 알기에 꽃잎도 주름진
어미처럼 주기만 하는 나무가 있네

손님

동짓달 들어
부쩍 손님이 늘었다
일찍 다가온 한파를 피할 데 없는
산기슭의 이런저런 벌레들이
장작을 때는 구들방으로
온기를 찾아 들어온다
사정을 아는 터라 내칠 수 없어
슬며시 곁을 내주곤 하지만
길어야 이삼일 정도면 숨을 거둔다
어차피 밖이라면 벌써 죽었을 목숨이
그래도 며칠은 더 연명한 것이다
뜻하지 않게 벌레의 송장을 치우면서
내 신세를 생각하자니 별다를 게 없다
늘 자초한 한파에 동결될 목숨이
아무 데나 염치 불고하고 육신을 디밀어
얼마간 소멸의 시효를 연장하는 중이다
이렇게 얼마 지나지 않아
뜨거운 구들장에 이승이 녹아내리면
나를 거두어 준 그분은
익숙하게 내 유해를 치울 것이고

잠시 머물렀으나 내 것이 아닌 이 자리엔
집 밖에서 한참을 떨며 기다려 온 벌레
후생後生에 든 누군가 찾아들 것이다

자꾸 눈물이 난다

점점 눈물이 많아진다
까마귀 떼 지어 날아가도 눈물이 나고
처마에서 빗물이 떨어져도 눈물이 난다
시드는 꽃잎을 봐도 눈물이 나고
빈 논에 남겨진 볏짚을 봐도 눈물이 난다
왜 나이 들수록 보이지 않던 게 보이고
그런 것들 때문에 눈물이 날까
적막이 시간의 눈을 열어
그동안 지나쳐 버린 걸 보이게 해서일까
아니면 늙음이 하찮고 사소한 것 속에
슬픔이 들어 있다는 걸 알게 해 주는 것일까
이런저런 생각에 젖어 드는데 어미 새가
먹을 걸 물고 뒤란의 둥지로 날아들자
새끼들이 지지배배 노란 주둥이를 내민다
아이구 참 또 눈물이 난다

나도 쓸모 있는 중생이다

생각해 보라 겨울 해는 짧고
하순의 달마저 흐릿한데
이 적막한 산중에 나라도 없으면
부엉이는 무슨 재미로 울 것이며
고라니는 어찌 울부짖을 것인가
가끔 헛기침이라도 내뱉으면서
누군가 듣고 있다는 걸 알려 줘야만
부엉이도 밤새 울 맛이 나고
고라니도 목쉰 보람이 있지 않겠는가
또 생각해 보라 칼바람 매서운데
손전등 들고 마당으로 나가
오줌이라도 한번 눠 주지 않으면
유난히 추위에 약한 배롱나무는
어떻게 온기를 느낄 것이며
긴긴밤이 익숙지 않은 강아지는
누구에게 꼬리 치며 안겨 볼 것인가
산중의 사정이 이러하니 내가
저들에게 무시로 신세만 지는
쓸모없는 중생만은 아니지 않는가

송인送人

눈 그친 산 자락에 별빛 내려앉는데
그대 떠난 자리에 찬바람 들어앉네
이번 생의 인연은 언제 다 그칠거나
불면의 적설積雪은 귀천을 꿈꾸는데

• 고려의 시인 정지상의 시 「송인送人」을 떠올리며 이 시를 썼다.

작별

오래된 한옥의 처마 끝에
고드름이 위태롭게 매달렸다
밤새 지붕에 쌓인 눈이 녹아
순리대로 떨어지다가 문득
왔다 간 흔적을 남겨 두고 싶어
잠시 버텨 보는 모양이다

그 집에 사는 내 이마에
밤새 주름 하나 더 패었다
이젠 잊혀지길 바랐던 옛사랑이
그냥 가기 섭섭해서 이토록
지워지지 않을 낙인을 찍고
작별을 기념하려 했던 모양이다

하산

산이 운다
쏙독새 떠나고
구절초 진 지 오래다

그녀가 운다
내가 떠나고
웃음 진 지 오래다

내 탓이다

내려가야겠다

제2부 꽃이 진다 한들

꽃이 진다 한들

꽃이 진다 한들 사랑이 떠나랴
꽃이 핀다 한들 사랑이 돌아오랴

목련이 지고 나면 철쭉이 피고
철쭉이 지고 나면 나리꽃 피듯

져야 할 것은 언제이건 지고
피어야 할 것은 언제이건 피는 것

사랑이 간다 한들 꽃마저 지랴
사랑이 온다 한들 꽃까지 피어나랴

홍시

떨어질 때를 안다
그 순간에 불어올
바람의 속도와 미안함을 안다
스스로 낙하할 지점과
미련 없이 떨어지기에 적절한 자세
땅에 부딪히며 낼 소리의 무늬와
뭉개지고야 말 운명을 안다
이 정도는 되어야
아직 떫은 몸으로 소금을 만나
강요된 단맛을 내는 침시沈柿도
껍질을 빼앗긴 아픔이 고여
마른 단맛을 내는 건시乾柿도 아닌
최후의 감, 가장 빛나는 순간에
자신을 버릴 줄 아는 절개의 감
홍시일 수 있다

별

밤길 홀로 걷다 하늘을 보니
어떤 별은 더 밝게 빛나고
어떤 별은 차츰 빛을 잃어 가네
누군가 새로운 꿈을 꾸고
누군가 오랜 꿈을 접는 것이네

막눈

아무도 기다리지 않는 눈
사월에 목련과 함께 떨어지는 눈
돌이킬 수 없다는 걸 알면서도
어쩔 수 없어 내리고야 마는
그대의 마지막 애원 같은 눈

막눈 2

뿌리나 줄기에
아무렇게나 돋아나서
나무가 잘 자라게 하려면
없애야 하는 덧눈, 문득
아무짝에도 쓸모없는 인간이
왜 세상에 나왔는지 모르겠다며
하염없이 눈물짓곤 하던 그대를
생각나게 하는 눈

봄비

봄바람 슬쩍 철쭉을 건드리니
발그레해진 꽃이 내게 스며든다
내가 슬며시 복사꽃을 쳐다보니
수줍은 꽃은 부슬비에 스며들어
달뜬 마음 촉촉이 적시고 있다

그대를 닮았다

시장에서 떨이로 파는
앙상한 산수유 어린 나무를
별 기대 없이 마당에 심고
한동안 잊은 채 내버려 두었더니
지난 비에 움트고 이번 비에 꽃 핀다
아무도 모르게 홀로 앓다가
불현듯 피어나는 그대를 닮았다

큰절

일찍이 혼자되어
어린 딸 셋을 홀로 키운
외할머니의 큰절은 늘 고왔네
허리는 굽고 다리는 흔들려
지팡이를 짚고 다녀야 했지만
큰절을 할 때만은 허리를 펴고
두 손을 모아 이마에 댄 뒤
새색시처럼 참하게 절을 올렸네

뭔가 이루어지길 간절히 바라지만
당신의 힘만으론 감당할 수 없을 때
부처든 성주든 삼신이든 조상이든
가까이 있는 신에게 절을 올렸네
별이든 달이든 나무든 바위든
도움이 될 만하면 가리지 않고
힘이 다할 때까지 큰절을 올렸네

어린 날 방학 중에 외가로 가서
며칠 동안 머물다 돌아오는 길
버스에 앉아 창밖을 내다보니

십 리를 걸어 배웅 나온 할머니가
자갈이 나뒹구는 신작로 위에서
버스를 향해 큰절을 하고 있었네
출발한 차가 모퉁이를 돌 때까지
할머니의 절은 멈추지 않았네

지금도 할머니는 누군가를 위해
큰절을 올리고 있을 것이네
끝 모르고 이어질 절 가운데
상전처럼 받들며 애지중지 키웠어도
제사 한 번 제대로 챙겨 주지 않는
외손주를 위한 것도 있을 것이네

장마

어디선가 며칠을 꼬박
울기만 하는 사람 있을 것이다
울음 그쳐도 문밖으로 나가지 않고
마른나무처럼 누워 천장만 바라보다
또 눈물 흘리는 사람 있을 것이다

남해 금산
—보리암에서

깨달음을 얻기 위해 오지 않았다
아무리 애를 써도 깨달을 수 없음을
무슨 수를 써도 인연의 사슬에서
벗어날 수 없음을 알기에 여기로 와
관세음보살 기다리는 극락전이 아니라
남해의 풍경 속으로 들어갔다 그리하여
모든 기도를 들어준다는 해수관음 대신
관절염 때문에 함께 오지 못하고
주차장에서 기다리는 늙은 아내와
그녀의 통증을 향해 삼배를 올렸다
지금까지 버텨 줘서 고맙다고
버틸 만큼만 아프게 해서 고맙다고
마음을 다해 진통의 예를 갖추었다

노을

서녘 하늘이 붉다
떠도는 철새의 뒷모습이 붉다
슬픔처럼 번지는 노을에 물들어
고개 숙인 그대의 마음도 붉다
잠시 뒤에 떠날 것들은 모두
마지막인 걸 알기에 더 붉다

고산정孤山亭*에서

바람 불어 지친 몸 눕히자
소나무 한 그루 조용히 일어나
걱정스러운 표정으로 내려다본다

감히 해서는 안 될 사랑을 했기에
강은 자주 뒤를 돌아보며 흘러가고
철새는 북녘 하늘로 날아가지만
난 돌아갈 곳 없고 가고 싶지도 않다

그저 누구도 아는 이 없는 이곳
저 굽은 소나무만 곁을 내주는
절벽 위의 정자 우물마루에서
그냥 머물고 싶을 뿐이다

그럴 수 있다면 외로운 산이 되어
한동안 잠들고 싶을 뿐이다

* 고산정: 충북 괴산읍 제월리에 있는 정자로 1596년에 충청관찰사이
던 고산孤山 류근柳根(1549~1627)이 세웠다.

불법체류

삼월도 다 가지 않은
봄 같지 않은 봄인데
꽃다지며 민들레며 씀바귀며
하고많은 풀들이 올라온다
내 집에 오라 초대한 적 없건만
제멋대로 들어와 움을 틔우더니
이제는 대놓고 무리까지 짓는다
무단 침입에다 불법체류인 셈인데
그래도 살겠다고 찾아든 것이라
못 본 체하고 내버려 두었더니
이제는 나름대로 한몫을 해서
잎이며 뿌리가 밥상에 올라오고
볼만한 꽃도 수줍게 피운다
이 집 저 집 떠돌아다니며
구박을 받아선지 눈치도 빨라
영산홍이며 철쭉이며 작약 같은
이미 살던 꽃과도 곧잘 어울린다
마당도 제법 정이 든 것인지
싫지 않은 표정으로 그들을 품는다
마을에 오래 살며 축사에서 일하는

파미르고원 출신 무하마드 씨가
꾀부리지 않고 열심히 일하며
이웃의 일이라면 팔을 걷어붙이듯이
낯선 사람이 마을에 나타나면 모두
약속이나 한 듯 그를 숨겨 주듯이

풍경

마파람이 불자
산보 나온 참게가
재빨리 눈을 감추고
개울 속으로 들어간다
집 앞 논배미에서는 벼가
바람이 배달하는 습기를
한 모금이라도 더 삼키기 위해
서로 의지하며 발돋움질을 한다
탱자나무 울타리를 타고 오르던
어린 호박은 흔들리다 가시에 찔려
그만 꼭지가 떨어지고야 만다
쫄래쫄래 바람을 따르던 강아지가
킁킁 호박 냄새를 맡다가
꼬리를 흔들며 호박을 굴린다
홀로된 할배는 아무것도 모른 채
툇마루에 누워 낮잠을 자면서
먼저 간 할매라도 만나고 있는 듯
행복한 표정을 짓고 있다 그사이
바삐 쏘다니던 잠자리 한 마리
할배의 코끝을 개구지게 간질여

기어이 단잠을 깨우고야 만다
유월의 바람이 건들건들 불어와
살아 있는 이는 다 늙어 버린
호젓한 마을을 배회하는 중이다

만휴정晚休亭[*]에서

솔숲을 오가며 노닐던 해는
솔잎 따라 떨어져 그늘에 눕고
시간은 돌담 주위를 낮게 맴도네

골짜기를 산보하듯 흘러온 물이
한가로이 절벽을 내려서는 동안
어둠도 내려와 달이 이마에 앉고
회화나무 이파리엔 별빛 번지네

나 여기 머물며 자연을 벗 삼는 건
그저 삶이 저물어 쉬려는 게 아니라
늦게나마 부질없는 꿈에서 깨어나
아무것도 아닌 나로 돌아가려 함이니

이렇게 산중의 적막에 깃들어 살다
어느 청명한 봄날 새가 되어 떠나도
여한 없으리 산천만 조금 아쉬워하리

* 만휴정: 경북 안동시 길안면 묵계리에 있는 정자로 조선 중기의 청백
  리 김계행金係行(1431~1517)이 연산군의 폭정을 피해 낙향, 은거하며
  말년을 보낸 곳이다.

부음訃音

가을의 부음을 전하러 온
기러기의 목소리 잠겨 있네
종일 우는 바람에 남은 잎 떨군
나무들 마른 얼굴로 조의를 표하고
산은 애달프게 허공만 바라보네

커피

커피를 코피라 한 옆집 할매는
늘 큰 사발로 커피를 마셨다
믹스 커피 세 개를 한목에 넣고
용한 한의원에서 지은 탕약을 먹듯이
끼니마다 거르지 않고 커피를 마셨다
어쩌다 찾아오는 이웃에게도
어김없이 한 사발씩 커피를 내놓았다
이웃은 그 양에 질려 난감해했지만
별것 아닌 것 같아도 커피를 마시면
소화가 잘되고 기운도 난다면서
남기지 말고 마시라 권하곤 했다
그러다가 몇 년 전부터 자주
속이 쓰리다며 병원에 다니더니
지난여름 위암으로 세상을 떠났다
영감님 세상 뜬 게 까마득한데
벌써 떠났을 목숨이 커피라도 있어
이만큼이나마 더 살다 간 것이라고
친하게 지낸 노인들이 입을 모았다
커피에 많이 든 카페인 때문에
그리된 게 아닐까 생각했다가

죽은 이유보다 산 이유를 먼저 찾는
그분들 발상에 너무 공감이 돼서
맞장구를 치며 고개를 끄덕였다
할매가 떠나고 벌써 몇 달이 지나
계절이 바뀌고 날이 추워지니
가끔 커피 생각이 나곤 하는데
할매는 거기서도 커피를 마시는지
사발로 대접할 이웃은 사귀었는지
궁금해지기도 하는 겨울밤이다

제3부 살았으나 살아 있지 못하고

살았으나 살아 있지 못하고

봄기운이 도는 오늘
내가 죽었다는 소문이
잠시 고향을 떠돌았다
그동안 연락이 뜸했던 지인들이
극성스레 생사를 확인하는 동안
전화기를 끄고 산에 있었다
깜짝 놀란 아내가 급히
산으로 사람을 올려보내
살아 있음을 확인하고야
죽음의 혀에서 벗어날 수 있었다
재작년에 갑자기 세상을 떠난
형의 죽음이 와전된 것이었다
어쨌든 나는 고향의 누군가에겐
잠시 죽은 목숨이었고
죽었다가 다시 살아난 자였다
그랬다는 것일 뿐 다른 뜻은 없다
살았으나 온전히 살아 있지 못하고
죽었으나 영 죽지도 못하는
애매한 인생도 제법 있을 듯싶어
몇 마디 중얼거려 보는 것이다

발효 중

얼굴 곳곳에
곰팡이처럼 주름이
번지고 있다
아마도 내가 배신한
기도와 맹세와 사랑과
오랫동안 듣지 못한
그대의 근황
잘 간직하지 못해
깨져 버린 꿈들이
갈라지고 파이면서
발효 중인 모양이다

아버지
―순서

손금영 씨라고 알지, 죽었다
김영생 씨라고 알지, 죽었다
남중환 씨라고 알지, 죽었다
달팽이관이 떨어진 아버지
지팡이를 짚은 아버지가
친구분의 죽음을 일일이 알려 주신다
그러고는 나만 남았다고 하신다
자랑하시는 게 아니다
이제는 순서가 다가왔음을
당신 차례임을 알고 계신 것이다

아버지 2
—연습 중

어제는 외출했다가 길을 잃어
다른 동네에서 헤매시는 걸
물어물어 어머니가 찾아 오셨다
그저께는 아침이 밝아 오는데도
날이 많이 어두워졌다며
어서 불을 켜라고 재촉하셨다
아버지의 시간과 공간이
나날이 달라지고 있다 머잖아
다른 세상으로 가신 뒤
낯선 그곳에 적응할 수 있도록
연습 중이신가 보다

유성우流星雨

엄동의 새벽 북녘 하늘에
별똥별 비처럼 내려온다
이북 출신 아버지가 생전에
넋 놓고 바라보던 그 방향이다

치매기가 상당한 어머니는 가끔
어디 먼 데서 딴살림을 차린 아버지가
남모르게 다녀갔노라 속삭이며
혹 누가 엿들을세라 주변을 살핀다

별똥별 내려온다
어머니의 망각처럼 아버지의 절명처럼
더는 빛나지 않을 운석이 되어
헛헛한 뇌리에 깊숙이 박혀 온다

아버지가 머무는 그곳에도
곧 어머니가 돌아갈 저세상에도
별똥별 떨어질까 영영
만나지 못할 그리움의 무게로

귀가

여든여덟 살의 중환자인 아버지는
눈뜰 때마다 집으로 가자고 했다
제발 집으로 데려가 달라고 애원했다
심근경색 폐부종에 고관절이 골절된
아버지가 말한 집은 어디였을까
평안남도 양덕군 대륜면 구룡리 202번지
열일곱에 떠나 돌아가지 못한 고향 집일까
월남해서 하숙집 딸과 잠시 사랑을 나눈
전라도 순천의 어느 집일까
아니면 우리 네 남매를 기르며
남도 출신 여자와 오십여 년을 살아온
경상도 안동의 산비탈 집일까
저 깊디깊은 죽음의 세계
어차피 가야 할 저승의 어느 집일까
끝내 돌아가고픈 집을 말하지 못하고
유언 하나 없이 눈감은 아버지는
시립 화장터에서 잿빛 가루가 되어
납골당의 유리함 속으로 들어갔다
도대체 그토록 간절히 돌아가려 한
아버지의 집은 어디였을까

나 임종을 마주하면 어디로 가고 싶을까
아이들은 나를 어디로 데려갈까
아버지를 남겨 두고 돌아서는 길
황사가 앞을 가려 귀가가 쉽지 않다

학생부군신위

봄에 돌아가신 아버지가
처음 맞는 추석 차례상의
학생부군신위에 앉아계신다
세월이 갈 만큼 가고 나면
나도 저 자리에 편안히 앉아
정성 어린 제삿밥을 먹고 있으려나
자식들은 나를 떠올리며 얘기 나누고
늙을 대로 늙은 마누라는 아이고
어디 하나 이쁜 구석 없던 사람이지만
그래도 가고 나니 가끔 꿈에 보인다며
모처럼 눈물이라도 찔끔거리려나
잠시나마 지난날을 돌이켜 보니
아무래도 가족에게 지은 죄가 많아
저 자리에 앉기는 힘들 듯하다
떳떳이 제삿밥 받아먹는 귀신은커녕
좋은 기억으로 남겨지는 것도
기대하지 않는 게 좋을 듯하다
그러니 이렇게나마 살아 있을 때
음복상의 제삿밥이라도 고마워하며
남기지 않고 챙겨 먹을 일이다

보름달

나는 대보름날 묘시
어매의 기억을 빌리자면
외갓집 외양간의 누렁이가
여물을 먹을 무렵에 태어났다

가족에 무심한 지아비를 둔
억척스러운 스물두 살 산모는 왜
아이가 나오는 산통의 시간에도
가축의 아침을 염두에 두었을까

오십여 년이 지난 계사년의 대보름
태백의 외진 마을로 가는 막차 안
어매 또래의 할매들이 웃음 지으며
창밖의 보름달보다 환하게 떠 있다

아하 보름달이 하나가 아니었구나
언제인지는 몰라도 별일 아닌 듯
달덩이 몇 개쯤 순산하셨을 어미 달
참 밝고도 고운 달님들이시다

출가

큰애가 떠났다
늘 혼자인 게 좋다더니
결혼은 생각지도 않는다더니
몇 달 전 한 청년을 데려와
함께 살아 보겠노라 했다
다행이다 싶어 따지지 않고
마음 가는 대로 하라고 했다
혼삿날 큰애는 행복해했고
아내는 눈물을 훔쳤지만
나는 멍하니 바라만 보았다
초가을 햇살은 눈부셨고
딸애와 함께한 지난날은
기념사진 몇 장으로 남았다
빈집으로 돌아가는 길
잠시 들른 휴게소 구석에서
참았던 담배를 다시 피웠다
갑자기 눈에 물기가 번져
앞이 잘 보이지 않았으므로
몇 번 닦아 주고 차에 올랐다
아내는 말없이 창밖만 보고

차는 낯선 저녁을 향해
느릿느릿 굴러가고 있었다

편두통

겨우내 머리 한쪽이 지끈거린다
짧으면 오 분 길면 십 분에 한 번씩
송곳으로 찌르듯 통증이 온다
지난날을 생각할 때는 길게
앞날을 생각할 때는 짧게
번갈아 가며 통증이 찾아든다

한 수행자는 통증이란 게
저 홀로 일어났다 가라앉는 것이니
마치 남의 일처럼 놓아두라 했지만
그러기엔 통증이 너무 모질다
후회스러운 지난날과 걱정스러운 앞날이
순서대로 머리에 구멍을 낸다

이 겨울과 봄 사이의 어디쯤
잠시 쉬어갈 피난의 계절은 없을까
지난날과 앞날 사이의 어디쯤
나를 받아 줄 망명의 시간은 없을까

눈을 기다리며

눈을 기다리네
기다린다고 내리기야 하겠냐만
그래도 한 열흘쯤 온 천지에
폭설이 내리길 기다리네
길이란 길이 다 막혀
꼼짝없이 모든 일 멈추고
온갖 약속이 취소되길 기다리네
그리하여 지금 여기에 머물며
멈추지 않고 굴러온 삶과
익숙하기에 눈여겨보지 못한 것들
가족의 얼굴이며 책상 위의 춘란
오래 묵은 사진첩 같은 것들
더 지긋하게 들여다보고 싶네
일 없이 약속 없이 살 방법도
시간에 쫓기지 않고 천천히
게으름을 피우며 찾아보고 싶네

눈에 밟히다

죽는다는 건 한동안
남겨진 이의 눈에 밟혀
그때마다 살아나는 일

먼 기억까지 찾아내
시린 눈에 넣고 되새기느라
인연의 망막이 짓무르고야
겨우 이승에서 풀려나는 일

평생을 세상에 시달린 그가
몇 달 전 갑작스레 운명했지만
지금도 눈에 밟히는 중이므로
죽음은 아직 완성되지 못했다

자식을 앞세운 늙은 어미는
대신 죽지 못한 걸 서러워하고
사별을 생각지도 못한 가족은
아직도 그를 붙들고 있다

일찍 삶을 마감한 그가

세상을 마저 떠나기까지
꽤 오랜 시간이 걸릴 듯하다

제4부 얼음 녹듯 눈 녹듯

아무 생각 없이

멍하니
아무 생각 없이
꽃을 나무를 허공을
마침 눈에 들어온 것들을
바라만 보는데도 세상은
무슨 생각을 하며 그토록
유심히 쳐다보느냐고 묻는다
눈길 가는 대로 보기만 하는데도
시선의 저의를 찾으려 애쓰곤 한다
그럴 때마다 곤혹스러워
아무것도 아니라며 고개 젓지만
때론 생각 없이 보는 게
생각 없이 사는 게 무슨
문제라도 되는 건지 생각도 한다
나는 은퇴가 머지않은 딸깍발이고
제 밥벌이를 하는 두 딸의 아비인데
이 자리라도 지키려고
쉼 없이 머리 굴리며 살아왔는데
잠시 생각 없이 바라보는 게
잠시 생각 없이 살아 보는 게
이상하단 말인가 사치란 말인가

좌변기사유座便器思惟

후쿠오카의 하카타역 앞
한 비즈니스호텔 객실의 좌변기에 앉아
지난밤에 먹은 음식을 하나하나 떠올리며
오십 년 넘게 쌓아 온 두툼한 뱃살
넘치는 공양과 술의 은덕을 내려다본다

오늘 제공될 아침 식사에
자신을 보시한 식재료의 운명은
호텔에서 정한 오전 아홉 시까지이다
새벽부터 후쿠오카의 식용 동식물은
이번 생의 업장을 소멸시키기 위해
정갈한 주방에서 목욕재계한 뒤
피안彼岸의 세계에 접어들었다

나는 아직 차안此岸의 화장실
로얄토토 좌변기에 습관적으로 앉아
대장을 쉽사리 빠져나가려 않는
집요한 과거를 배설하려 애쓰고 있다
그리고 일본식 아침상에 올라올 음식
그 나긋나긋한 맛을 떠올리면서

언제부터 잡식성의 중생이 되었는지
곰곰이 생각하고 있다

반가半跏의 사유思惟
깨달음을 얻기 전
뱃살 없이 날씬했던 싯다르타는
오른발을 꼬고 의자에 앉아 무슨 생각을
그토록 차분하고 우아하게 했을까
인생무상을 느끼며 고뇌했을까 아니면
엊저녁에 먹은 왕궁의 만찬을 떠올리며
출가 전의 스트레스와 변비를 걱정했을까

아직 깨달음을 얻지 못한 나는
변기에 앉아 생리적으로 사유한다
왜 나는 가 버린 날을 되새김질하는 걸까
왜 오지 않은 날을 미리 시식하는 걸까
아 시원하게 비워야 하루가 편할 텐데
안간힘을 쓰며 생각하고 생각한다

멸치처럼
—남해에서

섬은 익숙한 외로움을 잃고
사람은 기다림 대신 길을 얻었다
섬의 적막을 바다에 묻고
그 위에 세워진 저 다리는
섬을 볼 때마다 미안할 테지만
내색하지 않고 덤덤한 표정으로
허기진 오후를 실어 나른다

어젯밤 노량에서 잡힌 멸치는
항구에 늘어선 횟집 수족관에 갇혀
돌아가기엔 너무 멀리 왔음을 알고
망연히 바다 쪽을 쳐다보고 있다
멸치회를 먹으려 네 시간을 달려
미조항의 멸치 축제를 찾은 나는
물 좋은 멸치를 찾으려 두리번거리고
멸치는 고개를 돌려 눈길을 피한다
멸치의 생사쯤은 외면할 수 있어
횟집에 자리를 잡고 주문을 마치자
항해를 마친 해가 잠수를 시작하고
황혼의 멸치잡이 배는 등을 밝힌다

항구의 밤이 멸치같이 파닥이며
물결에 실려 술자리로 밀려온다

조금 전까지 숨을 쉬다 어느새
머리와 내장 뼈마저 내놓은 멸치가
소주와 함께 식도를 타고 내려오자
술기운이 해무海霧처럼 피어올라
내가 사람인지 멸치인지 모르겠다
한 번쯤은 나도 누군가를 위해
멸치처럼 희생해도 괜찮을 듯싶은
축제의 밤이 깊어 가고 있다

임플란트

서리한 복숭아를 급히 먹다가
흔들리던 앞니 하나가 빠졌다
건빵 속의 별사탕을 몰래 먹다가
빠진 이 옆의 이가 또 빠졌다
그 이를 지붕에 던지며 까치에게
어서 새 이를 달라 부탁하였고
이 빠진 모습을 본 친구들은
앞니 빠진 갈가지* 개울가에 가지 마라
붕어 새끼 놀린다며 시시덕거렸다
그렇게 젖니가 빠졌다가 다시 나고
감꽃이 열 몇 번을 피고 지는 동안
미루나무처럼 자라 집을 떠났고
결혼을 했으며 아이를 낳았다
아이들의 이가 빠지고 나는 걸 보며
정신없이 살다가 아이들이 떠나자
흔들리던 이도 몇 개 빠져나갔다
이젠 돌이킬 수 없는 것만 남았기에
빠진 이를 모른 체하며 두고 보다가
더는 불편함을 참기 어려워
치과에 갔더니 임플란트를 하란다

해야 하나 더 버텨야 하나 고민하며
병원을 나서는데 까치 떼 깍깍댄다
다시 줄 이는 없으니 알아서 하라고
놀리듯 짖어 대며 지붕 위로 날아간다

* 갈가지: 새끼 호랑이를 뜻하는 경북 북부 지역의 사투리이다.

블랙홀

굳이 은하계를 관측해야
블랙홀을 확인할 수 있나
시간은 죽은 듯 흐르지 않고
한 점 빛조차 보이지 않는
그런 수렁과 좌절의 날들을
한 번쯤은 겪어 보지 않았나
자신이 사는 곳보다 천체에
더 관심이 많은 물리학자는
은하계에 만 개의 블랙홀이
숨어 있을 거라 예측하지만
그리 놀랄 일이 아니지 않나
빛나던 별이 죽어 갈 때처럼
꿈이 사라지며 생긴 블랙홀이
이 땅 곳곳에 널려 있음을 굳이
말하지 않아도 알고 있지 않나
그러니 산다는 건 아슬아슬하게
블랙홀 위의 외나무다리를 건너다
헛디디면 꿈에서 추락하는 일
우리가 사는 세상이 이처럼
우주와 영락없이 닮은 걸 보면

인간이 작은 우주란 말이

조금은 실감 나게 다가오지 않나

남해 다랭이마을
—삿갓배미에서

하고많은 날을
구르고 굴러 여기까지 왔다
더는 물러설 곳 없는 막다른 지경
한 번 더 구르면 돌아오지 못할
바닷가 산비탈에 마지막 터를 잡았다
이미 기울어진 삶에 익숙한 터라
여기 급한 경사도 낯설지 않아
코흘리개까지 나와 밤낮없이
주린 배를 채우듯 돌을 쌓았다
한 뼘의 땅이라도 나올 성싶으면
남겨 두지 않고 다랑이를 만들었다
삿갓을 얹으면 가려지는 삿갓배미
죽 한 사발 밥 한 그릇만큼 나오는
죽배미 밥배미라도 공들여 만들었다
그렇게 애를 써도 먹을 건 부족해
초근목피에 해초까지 챙겨 먹어도
보릿고개를 넘기가 쉽지 않았다
그래도 살자고 하면 살아지는 것
서로의 어깨를 겯고 여기까지 왔다
다랑이처럼 주름진 나날이었다

더는 내려갈 곳 없는 밑바닥에서
다랑이를 계단 삼아 기어오르며
간신히 연명해 온 세월이었다

남해 다랭이마을 2
—암수바위에서

이 위태로운 바닷가의 산비탈
가진 거라곤 손바닥만 한 논배미
젊디젊은 우리가 믿을 건
오직 당신과 나의 몸뚱어리뿐이다
활짝 핀 나와 불끈 솟은 당신이
부딪히는 파도처럼 사랑을 해서
튼실하게 내놓을 아이들뿐이다
그 아이들 자라나 일손을 거들면
논배미도 커져서 살 만해지겠지
그러니 이리 오라 망설이지 말고
다랑이에 물 들어오듯 콸콸
내게 쏟아져 들어오라

매화
—대정大井, 추사秋史의 말씀

나와 함께
세한歲寒을 견딘 매화가
일찍 피었으니 일찍 지고
늦게 피었으니 늦게 질 거라
짐작하지 말라
꽃은 늘 기다림보다 늦게 피고
아쉬움보다 일찍 져 왔으니
꽃 피고 지는 때를 알려 하지 말고
피고 짐에도 연연하지 말라
언제나 그랬듯 저 매화는
때 되면 피었다 시들어 가리니
늘 침묵 중인 노송처럼
가끔 지나치듯 바라보다가
꽃 피면 봄 오는 줄 알고
꽃 지면 봄 가는 줄 알라
이 봄 가면 저 봄이 올 테고
나 떠난 이곳에도 누군가 찾아와
언젠가 저물 삶을 담담히 기다리며
세월에 술잔을 건네고 있을 테니

얼음 녹듯 눈 녹듯

새벽부터 눈 내린다
기별도 없이 첫눈 내린다

얼마 전 산기슭의 실개울이
가을을 보내 놓고 밤새 얼었듯이
눈도 내릴 만해서 내릴 것이다

돌아보면 나도 그대를
기다릴 만해서 기다리고
잊을 만해서 잊었을 것이다

이리 기약 없이 살다가
어느 날 얼음 녹듯 눈 녹듯
사라질 만해서 사라질 것이다

타자를 환대하는 시의 꿈

오홍진(문학평론가)

1

한양명 시인은 자연 사물을 통해 마음 깊은 곳을 들여다보는 시작詩作에 골몰한다. 그에게 사물은 단순히 마음을 투영하는 대상이 아니다. 자연 사물과 깊이 있는 감각을 교류함으로써 시인은 지금과는 다른 존재, 다른 세계로 가는 길을 열어젖힌다. 이를테면 「홀로 저물다」에서 시인은 "나랑은 한마디 상의도 없이/ 저 홀로" 저무는 산중의 가을을 이야기한다. 자연의 시간은 인간의 시간과는 다른 자리에서 흐른다. 과학기술의 힘으로 인간은 자연을 지배했다고 외치지만, 그것은 착각일 뿐이다. 저 홀로 흐르는 산중의 가을처럼 자연은 인간이 세운 기준과는 다른 길을 스스로 만들어 낸다.

「가을비」에 표현된 대로, 산중에 비가 내리면 무릇이 젖고 여뀌가 젖고 용담이 젖고 돌부처가 젖는다. 산중에 사는 사물들은 자연을 거부하지 않는다. 자연을 거부하는 순간 더 이상 목숨을 보전할 수 없다는 것을 잘 알기 때문이다. 시인은 "벼랑에 기대 연명하던 노송이/ 집착을 버리고 길게 누웠다"라는 시구로 이 상황을 표현한다. 노송은 벼랑을 벗어나 살 수가 없다. 벼랑을 떠나 편하게 지내려는 욕망에 빠지면 노송이 사는 시간은 이내 끝나 버린다. 노송에게 벼랑은 한 운명으로 묶인 생의 장소라고나 할까? 벼랑이라는 생의 조건을 기꺼이 받아들였기에 노송은 나무로서 한 생을 별 탈 없이 살 수 있는 셈이다.

시인은 시간을 거스르지 않는 자연 이치로 지난 생과 이번 생을 들여다본다. 지난 생의 흔적을 지닌 채 우리는 이번 생을 살아간다. 「도요새」를 따른다면, 이번 생에 육신을 얻은 존재는 지난 생에는 도요새였다가, 산들바람이었다가, 버들가지였다가, 적막한 연못의 수면이기도 했다. 지난 생에 맺은 숱한 인연들이 이번 생의 육신에 흔적으로 남아 또 다른 생으로 가는 길로 모여든다. 홀로 저무는 시간은 있을지 몰라도, 홀로 저무는 생명은 없다. 시간 속에서 생명은 이 생명에서 저 생명으로 이어지고, 그로써 모든 생명은 모든 생명과 하나로 이어지는 생명의 역사가 펼쳐진다.

날이 풀려 얼음이 녹자

무사히 겨울을 난 잉어가
입을 뻐끔거리며 물 위로 올라와
법당의 풍경 소리에 귀 기울인다
얼음장 아래서 수행을 했는지
지난해보다 눈빛이 맑고 그윽하다

수련은 막 눈을 뜨는 중이지만
붓꽃은 제법 토실해진 뿌리 위로
푸른 대궁을 새초롬히 밀어 올려
맞은편 돌탑 향해 합장을 한다
바위틈의 영산홍은 움을 틔우고
늘어진 뚝향나무는 가지를 들어
가까운 도반과 인사를 나눈다

물속에서 땅속에서 바위틈에서
동안거 중이던 봄이 밖으로 나와
살아 있는 모든 것들 깨어나라
깨어나 공덕을 쌓으라 말씀하시니
온 사방이 응답하느라 분주한데
스님도 보살님도 나무아미타불
따스한 봄의 법문에 화답하신다

—「봄의 말씀」전문

93

봄바람이 불어오면 뭇 생명은 너와 나를 가리지 않고 기지개를 켠다. 봄바람이란 생명을 일깨우는 바람이라고 할 수 있다. 날이 풀려 얼음이 녹자 입을 뻐끔거리며 물 위로 올라오는 잉어를 보라. 따뜻한 바람이 일렁이는 봄이 왔다는 걸 온몸으로 느끼면 잉어는 주저 없이 물 밖으로 얼굴을 내민다. 시인은 물 밖으로 얼굴을 내밀고 입을 뻐끔거리는 잉어의 모습에서 지독한 수행을 하며 한겨울을 견딘 선사를 떠올린다. 지난해보다 맑고 그윽해진 눈빛을 내쏘며 잉어는 법당의 풍경 소리에 귀를 기울인다. 온몸으로 겨울을 나지 않으면 잉어는 따뜻한 바람이 불어오는 이 봄을 맞이할 수 없을 것이다.

겨울이 지나면 어김없이 봄이 온다. 시간은 생명을 위험에 몰아넣기도 하지만, 동시에 시간은 생명에게 새로운 동력을 제공하는 힘으로 작용한다. 시인은 "따스한 봄의 법문"을 온몸으로 들으며 서서히 눈을 뜨는 생명의 몸짓에 주목한다. 수련이 이제 막 눈을 뜬다면, 붓꽃은 푸른 대궁을 새초롬히 밀어 올리고 있다. 움을 틔운 영산홍과 가지를 늘어뜨린 뚝향나무는 주변에 피어난 "가까운 도반과 인사를" 나누기도 한다. 봄의 법문에 귀를 기울이고 있다는 점에서 모든 생명은 도반이라고 할 수 있다. 더불어 길道을 묻는/가는 동무(伴)가 있어 홀로 피는 생명은 절대로 외롭지 않다.

뭇 생명을 향해 봄이 들려주는 법문은 아주 간단하다. 물속에서 땅속에서 바위틈에서 나와 생명의 꽃을 피우라는 게 법문의 전부다. 자연 속에서 모든 생명은 꽃을 피우는 일만으로도 공덕을 쌓는다. 자연은 허투루 생명을 낳지 않는다. 모든 생명에게는 생명으로 태어난 이유가 달라붙는다는 말이다. 온갖 생명이 사방에서 피어나며 봄의 법문에 응답하는데, 스님과 보살님이 어떻게 가만있을까? '나무아미타불'을 외치며 그들 또한 "따스한 봄의 법문에 화답"한다. 봄은 생명을 가리지 않는다. 한겨울을 견딘 생명이라면 어김없이 봄에 꽃을 피울 수 있다. 시간 속에서 시간을 넘어서는 생명의 역사란 바로 이런 과정을 통해 이루어진다고 하겠다.

2

「허교許交」라는 제목의 시를 보면, 박새는 자귀나무에 앉아 지저귀고, 개망초는 바람에 기대어 흔들리며, 연못의 개구리는 수련 위에 눕고, 강아지는 소나무 그늘을 찾아드는 장면이 나온다. 시인은 '허교'라는 시어로 먼 옛날부터 이들이 맺어 온 인연을 이야기한다. 자연은 가치 여부로 사물을 판단하지 않는다. 박새와 자귀나무, 개망초와 바람, 개구리와 수련, 강아지와 소나무는 그곳에 더불어 있는 인연만으로 서로를 있는 그대로 받아들이는 사이가 되었다. 시인과 사물의 관계라고 다를 리 없다. 인연이 없는 생명이 시인의 눈을 통해 시적 사물로 거듭날 이

유가 없지 않은가?

점점 눈물이 많아진다
까마귀 떼 지어 날아가도 눈물이 나고
처마에서 빗물이 떨어져도 눈물이 난다
시드는 꽃잎을 봐도 눈물이 나고
빈 논에 남겨진 볏짚을 봐도 눈물이 난다
왜 나이 들수록 보이지 않던 게 보이고
그런 것들 때문에 눈물이 날까
적막이 시간의 눈을 열어
그동안 지나쳐 버린 걸 보이게 해서일까
아니면 늙음이 하찮고 사소한 것 속에
슬픔이 들어 있다는 걸 알게 해 주는 것일까
이런저런 생각에 젖어 드는데 어미 새가
먹을 걸 물고 뒤란의 둥지로 날아들자
새끼들이 지지배배 노란 주둥이를 내민다
아이구 참 또 눈물이 난다

　　　　　　　　　　　―「자꾸 눈물이 난다」 전문

　나이를 먹을수록 시인은 눈물이 많아지는 걸 새삼 느낀
다. 까마귀가 떼를 지어 날아가면 눈물이 나고, 처마에서
빗물이 떨어져도 눈물이 난다. 시든 꽃잎을 봐도, 빈 논
에 남겨진 짚단을 봐도 어김없이 눈물이 흐른다. 시인은

"시간의 눈을 열어/ 그동안 지나쳐 버린 걸 보이게 해서일까"라고 묻는다. 시간의 눈이란 사회 통념에서 벗어나 사물을 들여다보는 눈과 이어진다. 젊을 때는 자기 관점으로 사물을 판단하고, 그 판단으로 사물에 의미를 부여했다. 자기를 중심에 세우고 사물을 부리는 일상을 살았다고 말해도 좋겠다.

사실 시인이 보이지 않는 것이라고 말하는 사물은 일상에서 익히 보아 온 것들이라고 할 수 있다. 너무나 하찮고 사소한 것이기에 시인은 별다른 관심을 기울이지 않고 제일에만 매진했다. 나이가 들면서 시인은 하찮고 사소한 사물에 '슬픔'이 서려 있음을 비로소 알게 된다. 모든 사물은 시간 속에서 서서히 낡아 간다. 젊을 때는 이러한 변화가 눈에 들어오지 않았다. 자기를 중심에 세운 존재가 어떻게 사물의 시간을 가만히 들여다볼 수 있을까? 자기 관점을 내려놓는 순간 하찮고 사소한 사물에 스민 슬픔이 보이기 시작한다. 나이를 먹고 느끼는 이 슬픔을 시인은 하염없이 흐르는 눈물로 표현한다.

어미 새가 먹이를 물고 둥지로 날아들자 새끼들이 노란 주둥이를 내밀며 지지배배 운다. 이 광경을 보고 시인은 또 눈물을 흘린다. 어미는 새끼 먹일 먹이를 물어 오고, 새끼는 어미가 주는 먹이를 먹기 위해 한껏 입을 벌린다. 시인이라고 이와 다른 삶을 살아온 게 아니다. 처마에서 떨어지는 빗물 한 방울에도 눈물을 흘리는 사람의 마음을 감상感傷으로 치부할 수 없는 까닭이 여기에 있다. 이 눈물은 시심詩心과 밀접하게 이어져 있다. 시심은 자기를 내려놓는 데서 비롯된다. 자기에 매인 사람은 결코 사물의 슬픔을 엿볼 수 없다.

기약 없이 산에 올라 두 해를 산 사람(「입산」)은 산을 집 삼아 사는 생명과 허교許交하며, 동짓달 찬바람을 피해 방안으로 기어드는 벌레들에게 슬며시 곁을 내준다(「손님」). '손님'이라는 시 제목에 표현된바, 시인은 산에 사는 생명을 환대해야 할 존재로 끌어안는다. 「나도 쓸모 있는 중생이다」를 따르면, 모든 생명은 모든 생명에게 쓸모 있는 존재라고 할 수 있다. 한 생명은 다른 생명이 있기에 모든 생명으로 뻗어 나가는 것이라고 말하면 어떨까? 홀로 산에오른 시인은 바로 이 깨달음을 품고 '그녀'를 찾아 산에서내려온다(「하산」). 새로운 시선으로 사물을 보는 새로운 일상이 비로소 시작된 것이다.

밤길 홀로 걷다 하늘을 보니
어떤 별은 더 밝게 빛나고
어떤 별은 차츰 빛을 잃어 가네
누군가 새로운 꿈을 꾸고
누군가 오랜 꿈을 접는 것이네

—「별」 전문

뿌리나 줄기에
아무렇게나 돋아나서

나무가 잘 자라게 하려면

없애야 하는 덧눈, 문득

아무짝에도 쓸모없는 인간이

왜 세상에 나왔는지 모르겠다며

하염없이 눈물짓곤 하던 그대를

생각나게 하는 눈

—「막눈 2」 전문

깨달음을 얻기 위해 오지 않았다

아무리 애를 써도 깨달을 수 없음을

무슨 수를 써도 인연의 사슬에서

벗어날 수 없음을 알기에 여기로 와

관세음보살 기다리는 극락전이 아니라

남해의 풍경 속으로 들어갔다 그리하여

모든 기도를 들어준다는 해수관음 대신

관절염 때문에 함께 오지 못하고

주차장에서 기다리는 늙은 아내와

그녀의 통증을 향해 삼배를 올렸다

지금까지 버텨 줘서 고맙다고

버틸 만큼만 아프게 해서 고맙다고

마음을 다해 진통의 예를 갖추었다

—「남해 금산」 전문

「별」을 먼저 읽어 보자. 밤이 오면 하늘에는 별이 뜬다. 어떤 별은 밝게 빛나고, 어떤 별은 차츰 빛을 잃어 간다. 지구를 벗어나 우주로 영역을 넓혀도 시간은 어김없이 작용한다. 생명의 삶터인 지구와 생명의 젖줄인 태양도 언젠가는 사라질 것이라고 말하지 않는가? 시간을 사는 생명은 때가 되면 태어났다가 때가 되면 죽는 운명을 타고난다. 꿈을 꾸어야 할 때가 있으면 꿈을 접어야 할 때도 있는 법이다. 모든 사물은 이러한 생의 진실에서 절대로 벗어날 수 없다. 때가 되면 피고 때가 되면 지는 자리에 시인이 있고, 그녀가 있다. 한양명의 시는 바로 이 지점에서 비롯된다고 보면 좋을 것이다.

「막눈 2」에서도 생명과 생명을 하나로 잇는 시인의 관점이 분명히 드러난다. 이 시에 나오는 '막눈'은 뿌리나 줄기에 아무렇게나 돋아나는 '덧눈'을 의미한다. 나무를 잘 자라게 하려면 없애야 하는 게 덧눈이라고 생각하다가 시인은 문득 아무짝에도 쓸모없는 인간이 왜 이 세상에 태어났는지 모르겠다고 눈물짓던 그대를 떠올린다. 쓸모없음을 판단하려면 쓸모 있음을 먼저 따져 봐야 한다. 무엇이 쓸모 있고, 무엇이 쓸모없는 것일까? 자연은 쓸모로 쓸모없음을 판단하지 않는다. "없애야 하는 덧눈"이라는 판단은 인간의 생각일 뿐이다. 이분법적 인식으로 생명의 쓸모를 나누는 순간 모든 생명은 가치를 따지는 도구가 되어 버린다.

생명을 도구로 인식하는 사람이 어떻게 시를 쓸 수 있을까? 「남해 금산」이라는 시에는 관절염으로 고생하는 아내의 통증을 향해 진심 어린 삼배를 올리는 존재가 나온다. 그는 깨달음에 집착하지 않는다. 깨달음에 집착할수록 깨달음에서 멀어질 뿐이다. 시인은 "마음을 다해 진통의 예를 갖추었다"라고 쓴다. 중요한 것은 먼 곳에 있는 깨달음이 아니라 지금 눈앞에 있는 아픈 아내를 기루는 마음이라고 할 수 있다. 깨달은 사람은 바로 이 점을 몸속 깊이 받아들인다. 타자의 아픔을 제 몸에서 일어나는 아픔처럼 여긴다. 말 그대로 타자를 환대하는 마음결이 피어나는 것이다.

삼월도 다 가지 않은
봄 같지 않은 봄인데
꽃다지며 민들레며 씀바귀며
하고많은 풀들이 올라온다
내 집에 오라 초대한 적 없건만
제멋대로 들어와 움을 틔우더니
이제는 대놓고 무리까지 짓는다
무단 침입에다 불법체류인 셈인데
그래도 살겠다고 찾아든 것이라
못 본 체하고 내버려 두었더니
이제는 나름대로 한몫을 해서
잎이며 뿌리가 밥상에 올라오고
볼만한 꽃도 수줍게 피운다

이 집 저 집 떠돌아다니며

구박을 받아선지 눈치도 빨라

영산홍이며 철쭉이며 작약 같은

이미 살던 꽃과도 곧잘 어울린다

마당도 제법 정이 든 것인지

싫지 않은 표정으로 그들을 품는다

마을에 오래 살며 축사에서 일하는

파미르고원 출신 무하마드 씨가

꾀부리지 않고 열심히 일하며

이웃의 일이라면 팔을 걷어붙이듯이

낯선 사람이 마을에 나타나면 모두

약속이나 한 듯 그를 숨겨 주듯이

—「불법체류」 전문

　　시인은 「손님」이란 시에서 동짓달이 되면 방 안으로 기어들어 오는 벌레들을 손님으로 표현한 적이 있다. 위에 인용한 시에서도 시인은 집 마당에 들어와 제멋대로 움을 틔운 꽃다지며 민들레며 씀바귀와 같은 풀들을 못 본 체 그냥 내버려 둔다. 대놓고 무리까지 지은 풀들을 보며 "무단 침입에다 불법체류인 셈"이라고 말하기도 하지만, 시인이 정말로 이리 생각하는 건 아니다. 무단 침입이니 불법체류니 하는 말은 오로지 인간 사회에서만 쓰는 말이다. 자연은 이런 말을 쓰지 않는다. 벌레들은 추위를 피해 따뜻한 방 안으로 들어간 것이고, 풀들은 꽃을 피우기 위해

흙이 있는 마당으로 들어간 것이다. 생명을 피우려는 본
능을 표현한 것이라고 말하면 어떨까?

마당에서 꽃을 피운 풀들은 자기를 고집하지 않을뿐더
러 밥상에 올라 사람들 입맛을 즐겁게 해 준다. 영산홍
이며 철쭉이며 작약처럼 원래부터 마당을 차지하고 있던
생명과 곧잘 어울려 분란을 일으키지도 않는다. 마당 역
시 이런 풀들이 좋은 모양이다. 싫지 않은 표정으로 마당
은 온몸으로 풀들을 품는다. 시인은 꾀부리지 않고 열심
히 일하는 파미르고원 출신 무하마드 씨를 떠올린다. 무
하마드 씨는 이웃 일이라면 팔을 걷어붙이고 달려들었다.
이런 사람을 이웃들이 어찌 외면할까? 낯선 사람이 마을
에 나타나면 약속이나 한 듯 너도나도 그를 숨겨 주었다.
낯선 이와 만나 서로 어울려 사는 삶의 전형을 보여 주었
다고 하겠다.

3

삶이란 단선적으로 펼쳐지지 않는다. 낯선 이와 더불어
살아야 하는 삶이 있다면, 피가 섞인 가족과 헤어져야 하
는 삶도 있다. 삶이 있으면 죽음이 있는 이치와 같다. 「아
버지 2」에서 시인은 "아버지의 시간과 공간이/ 나날이 달
라지고 있다"라고 이야기한다. 어제 다른 동네에 간 아버
지는 스스로 집을 찾아오지 못했다. 자신이 지금 어디에

있는지 모를 정도로 아버지의 정신은 시간이 흐를수록 헐거워진다. 시인은 아버지의 행동을 다른 세상에 적응하려는 연습이라고 애써 생각한다. '연습'이라는 시어가 눈에 띈다. 삶 너머를 모르는 자의 시선이 이 시어에 담겨 있다고 말해도 상관없을 것이다.

겨우내 머리 한쪽이 지끈거린다
짧으면 오 분 길면 십 분에 한 번씩
송곳으로 찌르듯 통증이 온다
지난날을 생각할 때는 길게
앞날을 생각할 때는 짧게
번갈아 가며 통증이 찾아든다

한 수행자는 통증이란 게
저 홀로 일어났다 가라앉는 것이니
마치 남의 일처럼 놓아두라 했지만
그러기엔 통증이 너무 모질다
후회스러운 지난날과 걱정스러운 앞날이
순서대로 머리에 구멍을 낸다

이 겨울과 봄 사이의 어디쯤
잠시 쉬어갈 피난의 계절은 없을까
지난날과 앞날 사이의 어디쯤

나를 받아 줄 망명의 시간은 없을까

　　　　　　　　　　　　　　—「편두통」 전문

　우리는 지금 지난날과 앞날 사이의 어딘가를 걷고 있
다. 과거-현재-미래로 시간을 나누지만, 과거와 현재와
미래는 끊임없이 서로를 좀먹으며 예측할 수 없는 상황을
만들어 낸다. 편두통은 바로 이럴 때 찾아온다. 시간의 어
느 지점에서 결정을 내려야 하는데, 지난날은 지난날대
로, 앞날은 앞날대로 일목요연하게 정리되지 않는다. 이
미 살아온 시간을 이해하지 못하는데, 어떻게 아직 살지
못한 시간을 이해할 수 있을까? 게다가 시간을 사는 존재
는 늘 '현재'를 살고 있다. 현재를 살아야 지난날이 생기
고, 앞날이 다가온다. 지난날과 앞날이 현재를 구성할 때
마다 시인은 송곳으로 찔린 듯한 극심한 통증에 빠져든다.
어쩌면 통증만이 유일한 현재인지도 모른다.

　위 시의 2연에서 시인은 통증을 남의 일처럼 놓아두라
는 한 수행자의 말을 이야기한다. 통증이 남의 일이 되려
면 내 몸을 내 몸으로 느껴서는 안 된다. 손톱에 난 작은
상처에도 비명을 내지르는 게 생명의 본능이 아닌가? 통
증은 모질게 몸을 파고든다. 시도 때도 없이 찾아오는 통
증에 빠져들다 보면, 차라리 죽는 게 나을 것 같다는 생각
이 들기도 한다. 그만큼 통증과 거리를 두는 건 힘들다.
부처와 같은 성인이라고 할지라도, 통증을 남의 일인 듯
놓아두는 건 참으로 어렵다. 지난날을 생각해도 머리에

구멍이 나고, 앞날을 생각해도 머리에 구멍이 난다. 아무
것도 생각하지 않으면 되지 않느냐고? 그래도 머리에 구
멍이 난다.

시인은 온몸을 압박하는 이 통증으로부터 잠시라도 벗
어나고 싶다. 겨울과 봄 사이의 어딘가에 "피난의 계절"을
만들고 싶고, 지난날과 앞날의 어딘가에 "망명의 시간"을
만들고 싶다. 피난할 수 있고, 망명할 수 있는 계절과 시
간이 없기에 시인은 늘 통증에 시달린다. 통증을 없애려면
무엇보다 잠시 쉬어 갈 시간과 장소가 필요하다. 하지만
"후회스러운 지난날과 걱정스러운 앞날"을 저편에 물리고
시인은 쉴 수 있을까? 사회적 성공을 향한 지독한 욕망을
부여잡은 채 오로지 앞만 보고 달리는 이 시대의 사람들을
가만히 떠올려 보라. 그들은 지난날을 후회하고 앞날을 걱
정하며 오늘도 쉬지 않고 달리고 또 달린다.

「발효 중」이라는 시에서 시인은 얼굴 곳곳에 곰팡이처럼
주름이 번지는 상황을 이야기한다. 기도와 맹세와 사랑을
배신한 사람의 얼굴에 '발효 중'인 주름들은 오래전에 헤어
진 그대의 깨져 버린 꿈에 그 뿌리를 내리고 있다. 문맥상
으로 그대의 꿈은 기도와 맹세와 사랑과 밀접하게 이어진
다. 기도와 맹세와 사랑을 외친 그대는 타자와 더불어 사
는 세계를 꿈꾸었을 것이다. 그 꿈이 갈라지고 파인 순간
얼굴 곳곳에는 곰팡이처럼 주름이 번졌다. 제 욕망에 매인
사람이 기도와 맹세와 사랑이 넘쳐 나는 세계를 상상할 리
없다. 이런저런 욕망에 뒤흔들리는 마음 깊은 곳을 찬찬히

들여다볼 시간을 내려고 하지도 않을 것이다.

아직 깨달음을 얻지 못한 나는
변기에 앉아 생리적으로 사유한다
왜 나는 가 버린 날을 되새김질하는 걸까
왜 오지 않은 날을 미리 시식하는 걸까
아 시원하게 비워야 하루가 편할 텐데
안간힘을 쓰며 생각하고 생각한다
　　　　　　　—「좌변기사유座便器思惟」 부분

나는 은퇴가 머지않은 딸깍발이고
제 밥벌이를 하는 두 딸의 아비인데
이 자리라도 지키려고
쉼 없이 머리 굴리며 살아왔는데
잠시 생각 없이 바라보는 게
잠시 생각 없이 살아 보는 게
이상하단 말인가 사치란 말인가
　　　　　　　—「아무 생각 없이」 부분

그러니 산다는 건 아슬아슬하게
블랙홀 위의 외나무다리를 건너다
헛디디면 꿈에서 추락하는 일
우리가 사는 세상이 이처럼
우주와 영락없이 닮은 걸 보면

인간이 작은 우주란 말이

조금은 실감나게 다가오지 않나

ㅡ「블랙홀」 부분

「좌변기 사유」에는 변기에 앉아 생리적으로 사유에 빠지
는 존재가 나온다. 그는 묻는다. "왜 나는 가 버린 날을 되
새김질하"고, "왜 오지 않은 날을 미리 시식하는 걸까"라
고. 가 버린 날을 후회하고, 오지 않은 날을 걱정하는 사
람은 시원하게 하루를 비우지 못한다. 좌변기에 앉아서도
"안간힘을 쓰며 생각하고 생각한다". 좌변기에 앉아 생각
에 빠진 사람이 시원하게 일을 볼 리가 없다. 정말로 사유
를 해야 할 때가 있는 법이다. 지금과는 다른 길을 모색
하는 정신의 여행으로 사유를 표현하면 어떨까? 좌변기에
앉아 안간힘을 쓰는 사람이 이런 자유로운 정신의 여행을
만끽하기는 힘들다.

「아무 생각 없이」에 등장하는 시적 화자는 자신을 "은퇴
가 머지않은 딸깍발이"라고 소개한다. 딸깍발이는 사회
통념에 젖은 선비를 의미한다. 두 딸의 아비인 이 사람은
밥벌이를 위해 지금 있는 자리라도 어떻게든 지키려고 한
다. 쉼 없이 머리를 굴리며 자리를 지킬 생각을 하다 보
니, 틈만 나면 편두통(「편두통」)이 일어난다. 여기서 벗어나
려고 화자는 아무런 생각 없이 무언가를 바라본다. 말 그
대로 멍하니 세상 사물을 들여다보는 것인데, 주변 사람
들이 자꾸만 이상한 시선을 번뜩이며 무엇을 보는 것이냐

고 묻는다. 자신과 다른 행동을 하는 사람을 도무지 용납할 수가 없는 것이다.

통념에 물든 사람일수록 삶의 '블랙홀'을 인정하지 않으려고 한다. 은하계 곳곳에 존재하는 블랙홀로 빠져들면 다시 밖으로 나올 수가 없다. 광활한 우주에서 블랙홀은 죽음을 머금고 있는 시공時空이라고 할 수 있다. 시인은 우리네 삶을 "블랙홀 위의 외나무다리를 건너다/ 헛디디면 꿈에서 추락하는 일"에 비유한다. 소우주인 인간의 삶(몸/정신)에도 어김없이 블랙홀이 존재한다. 어떻게 하면 이 블랙홀에 빠져들지 않을 수 있을까? 어찌 보면 블랙홀은 때가 되면 반드시 찾아오는 죽음을 가리키는 상징인지도 모른다. 욕망에 매인 사람은 죽음과는 다른 자리를 끊임없이 찾아다닌다. 욕망에 서린 죽음의 기운을 어떻게든 떨쳐 내려고 한다.

당연한 말이지만, 시(인)는 죽음을 먹고 사는 양식(존재)이라고 할 수 있다. 죽음이라는 타자를 깊이 있게 사유하지 않으면 시작詩作으로 들어가는 문을 열 수가 없다. 한양명이 블랙홀을 말하는 까닭도 여기에 있다. 블랙홀은 인간의 인식 수준을 넘어서는 곳에 있다. 사회 통념으로 블랙홀을 사유할 수는 없다는 말이다. 블랙홀을 시적으로 사유하려면 무엇보다 인간이 세계의 중심이라는 헛된 관념을 내려놓아야 한다. 작은 우주로 비유되는 인간은 늘 그 속에 블랙홀을 품고 있다. 블랙홀은 의미를 거부한다. 의미란 사회 통념과 다르지 않은 맥락을 지니고 있기 때문이다.

　　새벽부터 눈 내린다
　　기별도 없이 첫눈 내린다

　　얼마 전 산기슭의 실개울이
　　가을을 보내 놓고 밤새 얼었듯이
　　눈도 내릴 만해서 내릴 것이다

　　돌아보면 나도 그대를
　　기다릴 만해서 기다리고
　　잊을 만해서 잊었을 것이다

　　이리 기약 없이 살다가
　　어느 날 얼음 녹듯 눈 녹듯
　　사라질 만해서 사라질 것이다
　　　　　　　　　　　　　—「얼음 녹듯 눈 녹듯」 전문

　인간은 항상 비가 내리는 이유를 묻고, 눈이 내리는 이
유를 묻는다. 과학의 이름으로 자연현상을 설명해야만 인
간은 비로소 마음이 편해진다. 과학은 법칙을 중시한다.
법칙에 어울리지 않는 사물이 나오면 다른 법칙을 세워 그
사물에 법칙을 들이댄다. 과학에 매인 사람들은 사물을 사
물 자체로 놔두려고 하지 않는다. 그 자체로 있는 사물에

는 아무런 가치가 없다고 판단한다. 인간의 가치를 부여받은 사물만이 쓸모가 있다. 유용성이 사물의 가치를 결정하는 수단이 되면 자연 생명은 더 이상 그 자체로 인정받지 못하는 상황이 벌어진다. 인간을 위해 자연이 있는 것이라는 망상은 여기서 비롯된다.

위에 인용한 시에서 시인은 기별도 없이 내리는 첫눈을 이야기한다. 가을이 지나고 겨울이 오자 실개울이 얼었다. 날씨가 따뜻하면 비가 내리고, 날씨가 추워지면 눈이 내린다. "눈도 내릴 만해서 내릴 것이다"라는 시구에 나타나듯, 이 세상에서 펼쳐지는 사물 현상은 모두 자연 이치를 따른다. 봄이 되면 땅을 뚫고 싹이 피어나고, 그 싹은 여름과 가을을 거쳐 열매를 맺는 상황에 이른다. 싹은 필 만해서 피는 것이고, 열매는 맺을 만해서 맺는 것이다. 당연히 눈도 내릴 만하니 내리는 것이다. 인간의 삶도 이와 다르지 않다고 시인은 생각한다. 하긴 인간 또한 자연에 속한 생명이 아니던가.

날씨가 따뜻해지면 얼음이 녹고 눈도 녹는다. 아무 때나 얼음이 얼지 않듯, 아무 때나 얼음이 녹지 않는다. 자연은 어떤 현상에 특별한 의미를 부여하지 않는다. 때가 되면 꽃이 피고 때가 되면 꽃이 지는 일을 무심히 지켜볼 뿐이다. 얼음 녹듯 눈 녹듯 움직이는 자연에 비한다면, 인간은 자기 욕망에 철저히 매인 삶을 산다. 그들은 얼음이 녹아야 할 시기에 더욱더 얼음을 얼리는 일에 몰두한다. 어떤 일에 의미를 붙여 다른 일 앞에 세우는 만용을 부리

기도 한다. 한양명의 시는 이러한 인간의 삶과는 먼 자리에서 '얼음 녹듯 눈 녹듯' 하는 자연 이치를 가만히 따르려고 한다. 자연에서 만난 숱한 사물들을 시적으로 환대하는 그의 시가 이 점을 입증한다.